Elisabeth Esch

Staubtänzer

Gereimtes und Ungereimtes

Elisabeth Esch wurde 1949 in Düsseldorf geboren. 1996 begann sie an der Heinrich-Heine-Universität Düsseldorf ein Studium der Germanistik und Erziehungswissenschaften. Seit dieser Zeit schreibt sie verstärkt Gedichte. Im Frühjahr 2000 machte Elisabeth Esch den Abschluß als Magistra. In diesem Band stellt sie erstmals einen Teil ihrer Gedichte der Öffentlichkeit vor.

Herstellung: Libri Books on Demand
ISBN 3-8311-1106-5

Inhaltsverzeichnis

	Seite
dein Mantel	10
der Weg	11
Abend in der Stadt	12
heimatloser Sucher	13
wann und wo	14
unvergängliche Erinnerung	15
Brandopfer	16
Götter	17
Liebe des Trinkers	18
das Mieder	19
geordnete Gefühle	20
sterbende Hoffnung	21
Überlebende	22
die Fähre	23
Lebensaufgabe	24
alter Schmerz	25
die Klagemauer	26
die letzte Station	27
Frühstück	28
Qual der Wahl	29
Dunkelkammer	30

	Seite
lebendiger Grund	31
die alte Frage	32
Gedichte	33
Erinnerungen	34
zerbrochenes Ich	35
Zeiteinteilung	36
Lebensquelle	37
Lebenswunsch	38
Amor	39
tränende Herzen	40
Auszeit der Schöpfung	41
Rummelplatz	42
Körpermusik	43
Ruf in die Dunkelheit	44
Traumbilder	45
Anrufung	46
Gebrauchsanleitung	47
Lebenskampf	48
im Garten	49
Gotik	50
der Versprochene	51
die Sprache	52
warten auf	53
Staubtänzer	54
Orpheus	55

	Seite
Schweigen	56
Götter des Olymp	57
Tanz	58
Waldspaziergang	59
Labor des Lebens	60
Staubrosen	61
neues Leben	62
Schleiertanz	63
Bilder der Vergangenheit	64
Aufgabe	65
gegen die Zeit	66
ohne Einladung	67
Lebensbeginn	68
hoffen und bangen	69
Schlachtfest	70
namenlos	71
Werden	72
Jahrtausendwechsel	73
Goethe	74
Neugier	75
Suche	76
Sternenstaub	77
Kehraus	78
Sommertage laue Nächte	79

	Seite
Blumenmarkt	80
Rettung	81
Apfelkerne	82
Sonnenaufgang	83
Heimkehr	84
Straßenpfützen	85
Staumauer	86
ungelebte Träume	87
schützende Grenze	88
Nichts bleibt übrig	89
Sinnlos	90
Frühlingsfrost	91
Irrgarten	92
Palmsonntag	93
Frost	94
Liebe Leidenschaft und Tod	95
Abend im Moor	96

dein Mantel

hülle mich ein in deinen Mantel
aus Sonnenlicht Mondsilber
und Sternenglanz
aus Quellen und Wasserfällen

in das Kleid aus frisch gepflügten Feldern
Sommerwiesen Obstbaumgärten
Getreide und Sommerblumen

mit dem Tuch aus Trauben und Weinlaub
Herbstwäldern Gebirgen Seen
und Schneekristallen

in den Mantel mit dem Wüstengürtel
dem Saum des Meeres und seinen Muscheln
mit den Perlen die darauf warten
gefunden zu werden

der Weg

am Ende der
Wanderung legt sich
die Asche meiner
verbrannten Träume
auf Haupt
Augenlid
Lippen

dringt in Nase
Ohren
Mund
läßt den Lebenskrieg
noch einmal schmecken

färbt die Haut grau
schwärzt ein
für den Weg in
die Unterwelt

Abend in der Stadt

kühle feuchte Dämmerung
gebeugte Gestalten mit
grauen Gesichtern schlafmüde
im Gleichschritt gehend

den Blick zu Boden gesenkt
suchen sie zwischen
Hundebedürfnissen und
schleimigem Auswurf
den Weg nach Hause

heimatlose Sucher

aus dem Staub hebt sich
das blutig geschlagene Haupt
die Augen blicken suchend

sie suchen den Sohn
Fleisch gewordenes Wort
Bild stummer gekreuzigter Liebe

menschliche Schattengestalten
auf der Suche nach Heimat
Brot und Wein

wann und wo

einer wird mich erkennen
ich werde eintauchen in seine Augen
sein Aufleuchten sehen
seine Atemlosigkeit

mir wird der Atem stocken
ein Wärmestrom wird durch meinen
Körper fließen
ich werde sprachlos sein

wir werden für einen
Wimpernschlag lang eins sein

unvergängliche Erinnerung

angstvolle Kellerwelten
hinter Dachlattenverschlägen
krabbelnde nagende Tiere

Gedankenbilder
drängen in die Erinnerung
grau vernebelt verschwommen durch
einen Tränenvorhang zu sehen

versteckte Kindheitsbilder
aus einem anderen
vergessen geglaubten Leben

Brandopfer

Rauch verdunkelt das
Firmament meiner Welt
im Unrat des Trümmerfeldes
suchen Ratten nährenden Abfall

ein Leben in Kellern
in kaltem feuchten Dämmerlicht
bewaffneter einsamer Schlaf
Welt drohender Schatten

meine Nahrung Reste
der Friedenszeit
Schimmelbrot saure Weinneige
brackiges Wasser

Götter

alte Götter
Abfälle vergangener Zeit
Tisiphones zischende
aufgestörte Nattern
ringeln sich aus
ihrem Haar

sie wird nicht mehr
mit ihrer Fackel
nach Lebenden auf
dem Schlachtfeld suchen

blieb keiner am Leben
mischte Ganymed
Schierling unter euren
Göttertrank

ausgeblutet liegen die Alten
geschwärzt vom Tod
Charon legt ab
zur letzten Fahrt

Liebe des Trinkers

der geliebte Rausch wartet
geduldig auf den Trinker
läßt sich von ihm einladen
richtet sich wohnlich bei ihm ein

er sorgt für dämmriges Licht
das den Schmerz an der Welt dämpft
bis ausreichend getrunken
Dunkelheit den Trinker umfängt

der Rausch sucht in den Träumen
den einen Alptraum verschwommener
Angst aus alten Tagen
legt ihn auf die Brust des Hilflosen

Zeit des Erwachens
das schwarze Tier krallt sich fest
holt schmerzhaft in den Tag
wo der Rausch geduldig wartet

das Mieder

Auf dem Balkon mir gegenüber
hängt auf der Leine dein schwarzes Mieder
mit Spitzen sehr verführerisch
verführtst du mich verführ ich dich

Sinnend schaue ich herüber
auf das schwarze Spitzenmieder
wohl gefüllt verführt es mich
und so denk ich nur an dich

Stund um Stunde schleicht dahin
bis ich wieder bei dir bin
alles ist grau um mich her
wenn ich doch erst bei dir wär

Dann geht strahlend auf die Sonne
und ich starre voller Wonne
auf das schwarze Spitzenmieder
Blut schießt dann in alle Glieder

Auf Erlösung hoffe ich
küßt du mich dann küß ich dich
in der Nacht beim Mondenscheine
ich mich mit dir gern vereine

geordnete Gefühle

meine schmerzenden Gefühle
habe ich eingehüllt
einzeln in Folien verschweißt
tiefgefroren

die Temperatur wird
automatisch kontrolliert
bei Bedarf kann ich sie
portionsweise entnehmen

höchste Gefahr
Stromausfall
Tauwetter

sterbende Hoffnung

Sterbende erzählen flüsternd
in schlaflosen Nächten
von Sehnsüchten Hoffnungen

Wunschträumen lehmfarbenen
welkenden Blüten gleich
verdurstend am Ufer salziger Seen

sie frieren in der
Hoffnungslosigkeit
beginnender Umnachtung

die sterbende Sehnsucht
im Herzen nach einem
rettenden Engel

Überlebende

schwarze dunkle Gestalten
die sich erhalten haben
über den Tod ihrer Liebe hinaus

Wasser tragend
Pflanzen ordnend gärtnernd
auf den Höfen der Verblichenen

erzählen untereinander flüsternd
von der verborgenen Lust
überlebt zu haben

stellen steinerne Symbole mit
Inschriften ihrer demonstrierten Liebe
auf die begrenzten Wohnstätten

die letzte geduldete Vereinigung
der letzte Kuß
endlich vorbei

die Fähre

Sonnenuntergang
am Meer
Dunkelheit zieht herauf

im grauen Sand des Ufers
stehen Frierende
den Horizont mit ihren Blicken
absuchend

sie warten auf die Fähre
die sie abends abholen sollte
für die Nacht im sicheren Hafen

Lebensaufgabe

berühre mich Engel
der du auf mich wartest
seit Anbeginn der Zeit

hole mich ins Leben
umfange schützend meinen
ersten Augenblick

umhülle mich mit
deinen schützenden Schwingen
um mich nichtmehr zu verlassen

bis zur Aufgabe des Lebens

alter Schmerz

Schmerz der aus der Tiefe
meines Vergessens kommt
steigt durch einen Augenblick
an die Oberfläche

breitet sich aus
zerbricht die schützend
aufgerichteten Mauern
des sicher geglaubten Hafens

die Klagemauer

riesig aufgerichtet wie
aus versteinerten
Tränen des Leides
stehen die Jammernden vor ihr

Haare raufend
heiser vom
Wehgeschrei des
Schmerzes der
nicht annehmbar scheint

wo bist du
der alle Tränen
trocknen wird
trocknen soll

bevor die Herzen
sterbend versteinert vor Leid
eine neue Klagemauer
bilden

die letzte Station

Ankunft neben
dem schwarzen Fluß
Endstation der Zeit
one way ticket für jeden

still aufgebahrt liegen
die ehemals Lebenden
zerfressen verblutet
verstümmelt entschlafen
ausgeschlafen sich auflösend
schon bevor sich
die ersten Tiere zeigen

Kühlräume
Sammelpunkt für unsere letzte Reise
mit Charons Nachen

Frühstück

Blick in die Kaffeetasse
auf einem schwarzbraunen See
spiegelt sich dunkel mein Gesicht

mit Milch verrührt wird
See und Gesicht hellbraun
fast weiß

bei Bewegung der Tasse
verschwimmt das Gesicht
verschwindet

ich glaube
es schwimmt auf dich zu

Qual der Wahl

Wollust in der Dunkelheit
und der Unschuld weißes Kleid
wofür soll ich mich entscheiden
beides bringt so viele Leiden
wählen muß man sehr geschwind
denn die Zeit die Zeit verrinnt

Lautlos steht er da der Tod
und dann ist sie groß die Not
bitte laß mir doch mehr Zeit
für den Gang zur Ewigkeit

Tanze mit mir in dem Reigen
Schritte werd' ich dir schon zeigen
aus der Flöte von Gebein
klingen alle Töne fein

Sag ade Zeit war genug
vorbei ist nun dein Selbstbetrug
Asche wirst du und zu Staub
wie verwestes altes Laub

Dunkelkammer

Entwicklungsraum
der Geheimnisse
Verzweiflungen
Schattenbilder

bewacht von der Angst
ihr Erscheinen könnte
den künstlichen
selbst geschaffenen
Schein stören

so leben sie ein Schattendasein
durch einen unachtsamen Augenblick
eine Ablenkung des Wächters
bleibt die Tür offen
Licht dringt herein

lebendiger Grund

lebendiger Grund
aus dem wir kommen
auf dem wir leben
zu dem wir als leicht
Verderbliche werden

Nachkommen der Alten
an deren Stätte wir leben
uns beeilen aufzuleben
um vor unserer Zeitgrenze
eine Möglichkeit zu finden
Geschaffenes mit zu nehmen

an einen Ort der nicht ist

die alte Frage

warum stirbst Du
verläßt mich
gehst mit allem
was mir an Dir
wichtig ist

alles was ich an Dir
so liebe nimmst Du mit
eine leere Hülle
bleibt mir in
der ich Dich suchen
werde wie in den Bildern
längst vergangener
glücklicher Tage

ich will nicht mit Dir gehen
in das Unbekannte
hier bin ich noch
zu Hause
hier warst auch
Du zu Hause

warum stirbst Du
verläßt mich

Gedichte

schwer fallen die Worte
einzelne sind bereit
warten schon
drängeln sich vor

wie soll da
ein Zusammenhang
ein sinnvolles Gebilde
froh und heiter
ein angenehmer Begleiter
auf dem Weg
entstehen

eher wird es
von Herkunft weit und fremd
doch oft nur ein Fragment
aus Zeiten des
Lallen und Saugens

wortlose Gefühle
von Anbeginn unverständlich
beängstigend wie ein dunkles Schiff
auf ein Codewort wartend
für seinen Einsatz

Erinnerungen

wispernd steigen die
Stimmen aus den
Endlagern der grauen
Kanäle in die Dämmerung
meines Bewußtseins

breiten sich
besitzergreifend aus
zerstören die
friedvoll getrunkene Ruhe
der blauen Stunde

raunende Stimmen
mit den Bildern jener
längst verstorben geglaubten
Erinnerungen

sie lassen den Körper
erschlaffen
die alte Verzweiflung
dringt durch die Betäubung

zerbrochenes Ich

sprich mit dir
in dir aus dir
über dich

hör auf dich
in dich hinein

fühle dich
empfinde dich
in dir mit dir

erkenne dich
durch dich
dein ich im ich

schau dich an
in dir durch dich

suche dich sammle dein
zerbrochenes ich in dir
werde du

Zeiteinteilung

eigene Zeit aufgeteilt in
Sternenzeit
Urzeit
Weltzeit
Tageszeit
Nachtzeit
klebrig tropfende Zeit
dunkle Zeit
Unzeit
paradiesische Zeit
Kriegszeit
Lebenszeit
ein Zeitlos gewonnen
nach Arkadien

Lebensquelle

ich will mich erinnern
an heute
den Tag der
Wortschöpfung
aus der Quelle
die versiegt war

zugeschüttet
von Alltag Sorgen und
Ängsten des Versagens

Quelle mühevoll
unter Qualen mit
blutenden Schwielen
freigelegt

schlammiges Wasser
klärt sich
sonnenbestrahlt
zur silberglitzernden
sprudelnden
Quelle meines Lebens

Lebenswunsch

Staub zu Staub
kurzes Erwachen
begrenzte Lebenszeit

blutvolles Wesen werden
greifbar angreifbar
der Melodie
des Todes folgend

gebunden an
seinen Reigen müssen alle
durchtanzen bis zum Ende

Körper und Seele zusammen
bis das der Tod
uns scheidet
kein Entkommen

in der Hoffnung
einmal gewesen zu sein
in Frieden ruhen dürfen
Staub zu Staub

Amor

Seht mich an
ich bin ein Knab
ein Knabe von
besondrer Art

Ich bin im Wandel
jung mal alt
von schöner oder
andrer Gestalt

Je nach Bedarf
wie ihr's grad braucht
setz ich mir
jede Maske auf

So jeder denkt
das muß ER sein
und bittet mich
zu sich herein

tränende Herzen

wer sind die Wartenden
in der Winterkälte
die Ungeborgenen
vor den verschlossenen Türen

gebraucht
benutzt
verliehen
wertvolle Ware

für den Preis von
gebrochenen Worten
mißbrauchter Liebe
benutztem Vertrauen
Hoffnung auf ein besseres Leben
heimatlos geworden

Auszeit der Schöpfung

kein brauchbarer Gedanke huscht
über mein weißes Blatt
kein Geist
rührt die Hand
keine Muse küßt

Trockenzeit
Auszeit der Schöpfung
Unbehagen schleicht umher
Zeit verrinnt in dunklem Schweigen

laue Winde tragen
durch das geöffnete Fenster
Klänge wie eine Ahnung von längst
vergessenen Welten
die zu Marmorstaub zerfallen
vor langer Zeit in alle Winde
verweht wurden

Klänge wie Blütenkelche
angefüllt mit lustvollem Lachen
das an die Gestalten
auf zersprungenen Pokalen erinnert

tröstendes Geschenk der Musen

Rummelplatz

Ort des Aufbaus
der Installationen
des Flüchtigen

lichtvolle Nacht erfüllt von
Lärm und Lust

hinter den Schaustellerwagen
verrichten Besucher ihre Notdurft
lustvolles gieriges Greifen
Bewegung im Rhythmus
der Natur

Musik spielt auf zum letzten Tanz
eins zwei drei

Dämmerung
Aufbruch
Abbruch
Alltag

Körpermusik

Auftakt
Fleisch auf Fleisch
schwitzend klebend
Geräusche klingen aus
den Körperöffnungen

ächzen stöhnen
lallen grunzen
schmatzen saugen
lecken lutschen
kauen

Fingernägel
kratzen über die Haut
Töne verbinden sich
an den Körperinstrumenten
zur Symphonie der Natur

Finale
Schlußakkord
ermattet
für einen Augenblick
erlöst

Ruf in die Dunkelheit

Rufe in die Kälte
Dunkelheit
Eiszeit

keine Antwort
kein Aufprall
kein Echo

vertraute
wortlose Kälte

Traumbilder

Traumbilder
aus der Tiefe
alter Gedächtnisse
in Traumbüchern
aufgeschrieben

Traumbilder
weisen den Weg
erkannt gedeutet
von Seher und Propheten

ihre selbsternannten
Nachkommen mischen die
Traumbilder mit dem
Zeitgeist

machen sie so zu
leicht verkäuflichen
Wunschbildern

Anrufung

höre mich
Du
erhöre mich
sende einen Deiner Engel
mich zu retten

verzweifelt liege
ich vor Dir
im Staub des Leides
in der Trockenheit
des Geistes
auf der Suche
nach Dir
der an dem Ort lebt
an dem alle Wasser
der Erde entspringen die
sich in das Paradies
des Werdens und Seins
ergießen

höre mich
erhöre mich
wenn es Dich gibt

Gebrauchsanleitung

Heiligenscheine
sind rar
nicht sehr bequem
tagsüber kaum
zu sehen

zur Schlafenszeit
leuchten sie hell
Schlaf
der die Dunkelheit liebt
läßt sich schwer finden

außerdem drücken sie
je nach Lage
da ist es ratsam
seinen Heiligenschein nur
zeitweise in der
blauen Stunde zu tragen

Lebenskampf

aus dem Meer
der Unendlichkeit
eines dunklen Gottes
werden wir Fischen gleich
an den Strand gespült

beginnen Luft zu schnappen
bewegen tanzend
krümmend
windend
den Körper
auf dem Weg
zurück in das Meer

um dort Rettung zu finden
vor dem Tod

im Garten

Silberlicht und Sternenglanz
müde Glieder ruhn vom Tanz
liegen in dem Grase

Dämmerung und Venusstern
Sphärenklänge wie von fern
hört man in dem Garten

Trunkenheit und Erdensein
Seelen wollen sich befrein
schmelzen ineinander

Gotik

gewaltsam zerbrochene Kreise
neu geformt zu Tropfen
wie Tränen geweint
aus den Augen des Schöpfers

über die Entfremdung
Entfernung
Ablösung
Selbstwerdung
der Geschöpfe

die er sich ähnlich
gebildet hat und die
nun eigene Schöpfung
versuchen

der Versprochene

der Sohn
Liebhaber
Geliebter
der Schöpfung

Teil der Natur
Freund derer
die Tag und Nacht
das Leben
auf sich nehmen

Außenseiter
Verfolgte
Wanderer
Vagabunden

der Sohn
Liebhaber aller
Fleisch gewordenes Wort
eines unsichtbaren Liebhabers
Kind der Liebe

die Sprache

Menschen
bellen und knurren
wie die wilden Tiere
die Wächter des
Tores zur alten Nacht

die Furcht verbreitend
erschreckend mit
den Zähnen fletschen
den Zugang für
Besucher sperren

Bellen und Knurren
die erlernte Sprache
die den Tieren
am Tor zur Unterwelt
nicht gestattet
Zuneigung zu zeigen

einzig wenn Orpheus singt
ruhen sie friedlich

warten auf

ich warte auf den Versprochenen
der da kommen wird
kommen soll

den Befriediger
aller Wünsche
den Befreier
aller Sorgen
den Trockner
der Tränen
den Held
Überwinder
der Ängste

warten auf den Erlöser
der einzige der Drei
in sichtbarer Gestalt
ein Mensch

Staubtänzer

Tänzer mit
blumenumkränzten Häuptern
feiern den neuen Gott
Tanz durch die nächtlichen Straßen
der Stadt

rundherum wirbelt alles Volk
schwitzend unter Masken
an den Straßenrändern
staubige müde gebrochene Tänzer
vor den Resten ihrer Lebenszeit

erschöpfte schlafsuchende
Gestalten irren umher
die dem Gott nichtmehr folgen können
obwohl das Blut immer noch
durch alle Glieder rauscht

Dämmerung zeigt das wahre Gesicht
Masken Kostüme sind beiseite gelegt
bleiche Hemden hüllen für die Nacht
in Erwartung des Richters
erfüllt von zitterndem Grauen der lustvoll
begangenen Vereinigungen
im Namen des neuen Gottes
streuen sie Asche aufs Haupt

Orpheus

sing Orpheus
führe in den Hades
schläfere die Hunde ein
die getrieben von ewiger Gier
uns Lebendige zerfleischen
wenn wir dem Eingang zu nahe
kommen

gehe in das Schattenreich
zu den Einsamen
spiele und singe nur ein Lied
rühre sie zu Tränen
zaubere den Schatten
eines Lächelns auf
ihr Gesicht

laß sie innehalten in
ihrem ewigen Kreisen
um das alte nutzlose Tun

sing Orpheus
führe sie aus dem Hades

Schweigen

in den Gärten
der alten Zeiten
wohnt das Schweigen
unberührt
von Ewigkeit zu Ewigkeit

schweigend strömt seine Kraft
die das Wort zu Fleisch werden läßt
den Geist aussendet
die ersehnte Sprache zu bringen
die Welten heilt
erneuert

Schweigen
der Treffpunkt der Sucher
und Wanderer zwischen den Welten

Götter des Olymp

Götter des Olymp
groß gemacht genährt
durch Opfer und Anbetung

vertriebene Götter
ihre Tempel sind zerfallen
zu Steinbrüchen geworden

neue Götter
nehmen ihre Plätze ein in
Kirchen Tempeln Moscheen
ehemalige Menschen durch asketisches
Hungerleben zu Göttern erhoben
Vorbild für Männer und Frauen

Auszug der Götter
Olymp verpackt in Kisten
Frachtgut für eine andere Welt
Asylanten gleich ziehen die alten Bewohner
mcist uncrkannt durch die Welt
auf der Suche nach Heimat

Tanz

sichtbare Musik
Illusion mit den Tönen
zu fliegen

eingeatmete Töne
bewegen den Körper
bringen ihn zum Klingen

Versuch mit den Gliedern
sterbenden Klang
zu halten

die Offenbarung der
erlebten Sinnlichkeit
Nähe zur Gottheit

Verbindung mit dem Schöpfer
bis zur Erschöpfung

Waldspaziergang

In des Waldes tiefstem Dunkel
sieht man bleich ein Knöchlein funkeln
selbst im Dunkel leuchtet's grün
will den Wandrer zu sich ziehn

Knöchlein liegt dort nicht allein
Moos wächst übers Totenbein
Fliegenpilz macht sich dort breit
Ameisen sind auch nicht weit

Wie kamst du zu dieser Stelle
war's ein Unglück in der Helle
oder nachts beim Mondenschein
bei einem Stelldichein zu zweien

Kam der Jäger just herzu
als man legte dich zur Ruh
liegt er auch in deinem Kreis
Knöchlein sag uns was du weißt

Labor des Lebens

giftige gelbliche Dämpfe
von Säuren und Laugen
endlos gefüllte beschriftete
Gläserreihen in Regalen

besonders Gefährliches
hinter verschlossenen
Schranktüren
in ihnen spiegelt sich das
bleiche Gesicht
angekettet an den Wunsch
im Laboratorium seines Lebens
das zu finden was noch niemand
gefunden hat

ihm fehlen die Gläser angefüllt
mit dem Glanz der Sterne
dem Rauschen des Meeres
der Zeit der Welt
der Lust der Natur
dem Sonnenfeuer

eine kleine Drehung von
Schrank und Labortisch mit seinen
brodelnden Künstlichkeiten
hin zum Fenster zu einer neuen Sicht

Staubrosen

Wirbelwölkchen
wie Staubrosen
in sich um sich gedreht
auflebend
durch meine Schritte
über den toten Grund

die Wüste am
anderen Ende der Welt
ehemals blühender
grünender Ort
liebender Götter

das Wort versprach ein Paradies
jenseits der Welt

neues Leben

junges Leben anfassen
fühlen atmen
riechen greifen
auspressen

festes Fleisch in
fleckigen runzeligen Händen
wie junger berauschender
Wein in alte Schläuche gefüllt

Berührungspunkt
Tod und Leben
aussaugen können
bis auf den letzten Tropfen

belebende Wirkung von jungem Wein
aus dem Becher der Natur
den Vergang vertuschen
bei überschrittenem Verfallsdatum

Schleiertanz

Tanz mit
Tränenschleiern
in denen Tautropfen gleich
grausilbern eingewebt
Salzkristalle
gesammelter Tränen glitzern

Schleier gewebt um
feucht glänzend
meine wunde Haut
einzuhüllen

Schleiertanz in grau schwarzem
trostlosen Leidland
sie verhüllen die Einsamkeit

Bilder der Vergangenheit

sie kommen ungerufen
tauchen alten Giftfässern gleich
auf die stumm rostend
all die Jahre auf dem Grund
des Vergessens
mit Sand der in die Augen
gestreut wird zugedeckt
fast unsichtbar dem Grund angepaßt
in Ewigkeit fest verschlossen
dort lagern sollten

lange täuscht die künstlich gestaltete
Idylle an der Oberfläche
Gefahrlosigkeit vor
während verborgen Lochfraß
die abgedichten Stellen
der vergessenen Vergangenheit zersetzte

die Ankunft des gärenden Inhaltes
kündigt sich unvorbereitet
unerwartet durch ein Seelenbeben an

Aufgabe

lose Gedanken
verknüpfen sich
mit alten Fäden
die aus ehemaligen Mustern
im Atemwind hängen

Aufgabe
im Vertrauen auf die eigenen
Gedankenmuster und Gefühlsfarben
den ewigen Teppich weiter zu knüpfen
von dem die Lebenden
nur die Rückseite sehen

gegen die Zeit

Verjüngung
jugendliches Aussehen
durch Farbe schön
außen anzusehen

Altes
jünger machen lassen
abschneiden absaugen
straffen hochziehen

Bewegung Elixiere
Vitalstoffe Essenzen
einnehmen auftragen
klopfen bürsten
kneten

Hochglanz außen
innen alles beim Alten

ohne Einladung

nicht erwartet werden
in dem Land
wo Milch und Honig fließt

Ankömmlinge
als lästige Gäste isoliert
an den Rand gedrängt

Störfaktor
auf dem Weltkreis
nicht aus der Welt zu schaffen

Lebensbeginn

ahnungslos naiver Weckruf
für die aufbäumende dunkle Kraft
gerufen zur rechten Zeit erwacht
Herrschaft über den Vergänglichen
fordert

Kinderzeit
Träume fallender Sterne
auf die Schwelle des dunklen Gottes der
machtvoll pochend
bewundernd hereingelassen wird
ungezähmt in seiner Herrlichkeit
nimmt er Besitz
treibt ruhelos zur schmerzhaften Erfüllung

einmal gerufen bestimmt er die Richtung
zwingt zur Gefolgschaft
zum Sein müssen in Vergänglichkeit

nur in manchen Träumen
fallen noch Sterne in den Schoß

hoffen und bangen
Sehnsucht Verlangen
sind in der Welt

Geilheit und Triebe
gehören zur Liebe
in dieser Welt

Brücken und Stege
Kreuzungen Wege
verwirren die Welt

Sänger und Seher
Weltenbegeher
weisen den Weg durch die Welt

leben und lieben
beherrscht von den Trieben
erhält unsre Welt

Schlachtfest

aufgespießt
durchdrungen
blutend
ausgeschlachtet

brauchbare Teile
benutzt
verbraucht
der Rest gealtert
verschlissen
weggeworfen

Neue aus
nachwachsenden
selbst erzeugten Rohstoffen
teilbar in Brauchbare
Unbrauchbare

Nutzanwendungen
mit legitimierter Macht
Hochzeit

namenlos

namenlos ist das Dunkel
das umschließt
einschließt
bestimmt

namenlos ist das Licht
das hinter der Dunkelheit
sein soll

sehnsuchtsvolle Suche nach
diesem Licht
um einmal

nur einen Schimmer davon
in einem Augenblick
ahnend zu spüren

Werden

Aufsteigendes
quälend an Fleisch
gebunden
pochend strömt
die Flut des Alten
schwillt an

Quelle unerkannter
machtvoller Gewalt
flutet aus dem Zentrum des Gottes
der unter dunklem rankenden Laub
verborgen
gerufen geweckt erwacht

Angst verbreitend
Gefolgschaft fordert
ein zögerndes ängstliches
gestammeltes Willkommen
für den Fremden

Jahrtausendwechsel

das Jahrtausend wird ausgewechselt
Veränderung ist angesagt
die Wandlung bringen kann
für Abwechslung ist gesorgt

das Alte stirbt liegt in den letzten Tagen
der Übergang wird zur Leichenfeier
Umschwung Wende Erneuerung
sozial verträgliches Ableben

Zeitumstellung Jahrtausendumstellung
Änderungen Neuorientierungen
werden vorab geübt
Banken Versicherungen sichern
den Austausch den Übergang
üben Tag und Nacht
den Jahrtausendwechsel

zum Eingewöhnen
bleiben die alten Zeiten
Tageszeit
Jahreszeit
Gezeiten

Goethe

zerteilt
zergliedert
aufgebrochen
in jede Gehirnwindung
kriechen Beschauer

Kenner suchen glauben
denken deuten
in seinem Namen
haltbar gemacht
für die danach

reinigen Priapus
beschneiden stutzen
formen ihn
zu einer immergrünen
Baumgestalt

schön anzusehen im Park
beherrschbare
vorzeigbare
geformte Natur

Neugier

raunendes raschelndes Flüsterlaub
Wisperstunde neuer Gier
triefende Münder
züngelnde Schlangen
seibernd
saugend
Zähne mahlen in
Nachthöhlen
Wortgeheimnisse
raunendes raschelndes
Flüsterlaub
ewige Leier

Suche

gefahrvoller Weg
einer Hoffnung folgend
auf der Suche nach
dem gelobten Land

der Weg führt in großen Kreisbewegungen
durch blaue Dämmerung
an Abgründen vorbei
durch Nebelfelder
endlos scheinendem Ödland
in dem alles
grau trocken alt wird

hungernd frierend schutzlos
an Gerippen vorbei
durch das tote Flußbett
hoffend nach der nächsten Biegung
das Land zu finden
in dem Milch
und Honig fließen

Sternenstaub

auf die Erde gefallen
graubraun
unansehnlich
zertretener Schmutzfilm

zusammengefegt
in Abfalltonnen mit Erdresten
aus Gewesenem
auf Müllhalden
entsorgt

Humus Dünger
Nahrung der
Nachttiere die gesättigt
sich verpuppen
entwickeln

Altes abstreifen
schillernd ihre
Flügel entfalten

Kehraus

Festende
Morgengrau
Müllberge aus
Flaschen Becher
Pappteller Plastik
Besteck

Gefühle konsumiert
berauschend entrückt
in einer durchtanzten Ballnacht

Strohfeuer der
Sehnsucht nach Leben
verbrannt in einer Nacht
zu Staub
Ursprung

Sonnentage laue Nächte
Frühling zieht uns in sein Reich
Wind weht über hohe Gräser
mild bestäubend alle gleich

In der Luft da klingt ein Singen
aller Stimmen die es gibt
Männer Frauen Vögel Bienen
viele sind jetzt frisch verliebt

In dem Blute treibt es mächtig
schießt empor wie Spargelgrün
ist durch nichts mehr aufzuhalten
will durch alle Adern ziehn

Wie Dionysos mit Anhang
bricht es mit Gewalt durchs Land
an den Wegesrändern wartet
reicht zum Tanze ihm die Hand

tanzt in seinem bunten Reigen
Tiere - Menschen - Pflanzenwelt
endlich Frühling Licht und Wärme
Liebe unterm Sternenzelt

Blumenmarkt

Weg durch die
schwarzblaue Nacht
getrieben von der Sehnsucht
nach Erlösung von
der Not

Vertriebene der
reinen Lilien
auf dem Blumenmarkt
blutrote Rosen suchend
die nachts erblühen

in Eingängen
auf Eingänge warten
schnell
unbekannt
unerkannt

abgekaufte Illusion von Erlösung
auf dem Blumenmarkt
der schwarzblauen Nacht

Rettung

Himmelsleitern
aus dem Blau
herabgelassen
in dunkle Kerker

Himmelsleitern
aus duftenden
Blumenkränzen
für den Augenblick
geschaffen

für den der sie ergreift
sich auf das Wagnis einläßt
zwischen Himmel und Erde
zu leben

Apfelkerne

Kerne liegen verborgen
in der Erde
die hölzerne Schutzhaut
wird porös
durch wässern und verwesen

bis feuchte Nahrung
eindringt
zum Leben erweckt

das Innerste richtet sich auf
wird Wesen
treibt zum Licht
unaufhaltsam

Sonnenaufgang

gemeinsam warten auf den
Sonnenaufgang
hinter der blauen Dunkelheit
Wege
Straßen nur ahnend

wie unsere dunklen Lebenswege
auf denen wir Unsichere tastend
taumelnd Halt suchen
am Baum des Lebens

unter ihm ausruhen
aus der Quelle des Lebens trinken
Kraft tanken

auf den Sonnenaufgang warten
der den Weg ins Licht zcigt

Heimkehr

leidvolle Rückkehr
zum Ursprung
verlassen von den Erwartungen
Wünschen und Träumen
die Augenblicke des Glücks

der weite Weg ins Paradies
dem unbekannten Führer folgend
alles zurücklassen
von Staub zu Staub wandeln
schmerzhafter Abschied
von der Versuchung machtvoll
Welten zu öffnen

am Ende ein Abendmahl
Brot und Wein
lagern in mondbeschienenen
Ölbaumgärten
umweht von lauem Nachtwind
traute Stille blaue Nacht

Straßenpfützen

vom Gewitterregen angefüllt
bilden sich Straßenpfützen
Spiegel des Himmels
der sich auf der Erde
den Menschen zeigen will
die alltagsbeladen
ihren Blick nicht mehr
in die Weite des
Himmels heben können

so kommt der Himmel
mit seinem Blau zu ihnen
legt sich unter ihre Füße
mit seinen Wolken
der glänzenden Sonne
den funkelnden Sternen
dem silbernen Mond

bis der letzte Tropfen
in der Pfütze getrocknet ist

Staumauer

drohend über
dem Tal aufgerichtet
künstliche Grenze
Rückhaltebecken
für Lebenspendendes

unsichtbar kontrolliert
Zuteilung Rationierung
Absperrung für das
Wasser des Lebens

katalogisiert berechnet
beobachtet von den Zuteilern
den Wissenden den Kontrolleuren
der Mauer

den Berechnern von Naturgewalten
den Kontrollierern von Verbrauchern
den Regulierern von Überschwemmungen

die das Tal jederzeit
fluten könnten
Lebenswasser
als Kapital

ungelebte Träume

vor den Toren der Stadt
beginnt das trockene Meer
die horizontlose Staubwüste
der Vergangenen Zerfallenen
Winde wirbeln sie umher
bis sie in der Dämmerung Ruhe finden

das ist die Zeit ihrer ungelebten
Träume Visionen des Aufgeschobenen
zu Dämonen geworden streifen sie
dunklen Engeln gleich umher
suchen Leben wollen Begleiter sein

Ausgestoßene Fehlversuche
Andere Fremde Ungläubige der Stadt
die Sündenböcken gleich
in die Wüste geschickt
nach außen gesetzt werden
geopfert für den inneren Frieden

sie werden von den Engeln erwartet
diese weisen ihnen den Weg
zum Wasser des Lebens
damit sie gemeinsam
zum Leben erweckt werden

schützende Grenze

jenseits der schützenden Grenze
des Gartenzaunes
steht ausgesperrt der Wald

dunkler Lieferant
der Winterwärme wurzelnd
in einem Grund aus federndem Mulch

in der Dämmerung
knackende Zweige
Geräusche unsichtbarer Tiere

zur blauen Stunde
zeigen sich die Bewohner
am Gartenzaun

Nichts bleibt übrig

von dem Leben
alles Tun verweht die Zeit
keine Zeichen keine Wege
geben dieser Zeit ein Kleid

Alle Worte sind gesprochen
alles ist schon längst gesagt
aufgeschrieben in den Büchern
künden von vergangnem Tag

Keiner fragt mehr nach den Namen
die Geschichte löscht sie aus
Sorgen Mühen Freuden Klagen
seufzen manchmal leis durchs Haus

Von der Macht ist nichts geblieben
alle Müh' Vergeblichkeit
alles Streben Hoffen Wünschen
fällt zurück zur Ewigkeit

Sinnlos

ist eifriges Streben
nach Erfüllung sucht das Herz
die Gefühle täuschen Liebe
gnädig vor zum Schutz vor Schmerz

Doppelt einsam das Erwachen
außen innen große Not
so vergeblich alles Handeln
auch umsonst der Ruf nach Gott

Nur allein bringt man's zu Ende
letzlich sterben alle gleich
jeder Tod ist zwar verschieden
muß doch sterben arm und reich

Und es tanzt über die Gräber
nackt so manches Totenbein
sich im Mondschein glücklich wiegend
darf's nur eine Stunde sein

Frühlingsfrost

Kälte berührt
Aufkeimendes
läßt es bis auf
die Wurzeln
sterben
schwarz färbt sich
frisches Grün

kalte Feuchte fault
das wurzelnde
Restleben an
lichtarmes Kümmern
unter grau verhangenem Himmel

Lebensbeginn
im ahnenden Vertrauen
auf Wärme und Licht
Versuch des Weiterlebens

schmerzhaftes Erkennen
nicht gewesen zu sein
unfruchtbar
ohne Knospen zu sterben

Irrgarten

Nebel liegt über dem Park
der Erinnerungen
kein Lichtstrahl dringt
bis auf den Grund

drei Affen hocken
am Eingang des Labyrinths

einsam suche ich
tödlich verwundet
durch den Pfeil einen Weg

sieben Wendungen heißt es
bis zum Baum des Lebens

Palmsonntag

Sonntag unter Palmen
unser Urlaubsbeginn
erleben des Jahresglücks

Defizite der Liebe
eingepackt mit Freizeitkleidung
in Schalenkoffern

Tage in der Fremde
entspannen
nachdenken
nachholen
neu beginnen

Freizeitanimateure locken
Fitness
Wellness
Sportshopping

entspannen
nachdenken
nachholen

Neubeginn
später
zu Hause

Frost

Eiskrusten halten
Blütenknospen
geschlossen

mattes Licht
verborgen hinter
Nebelschleiern

meine Augen blicken ins Blau
warten auf die Rückkehr
der Zugvögel

Liebe Leidenschaft und Tod
hält die Welt in Gang
nirgends einen Schutz davor
das ganze Leben lang

Schon die Zeugung jeden Lebens
ist ein Teil von dem Gebot
ohne Zeugung gibt's kein Leben
ja nein beides bringt in Not

Sich in Sicherheit zu wiegen
ist des Geistes liebstes Bild
ohne Trauer ohne Tränen
in den Herzen gut und mild

Kaum hat Amors Pfeil getroffen
greift der Mensch zu Speer und Schild
nichts mehr bleibt von Herzensgüte
bis er seinen Trieb gestillt

Einmal dieses Leid genossen
ist's vorbei für alle Zeit
bleibt der Himmel auch verschlossen
hier beginnt die Ewigkeit

Abend im Moor

Elende
Ehemalige
die zur Strafe
für ihr Leben
ins Moor geschickt wurden
erscheinen
in grauen Nebelschwaden
dem ewig Suchenden

bleiben als Tropfen
an seinen Wimpern
hängen
tränengleich rinnen sie
über seine Wangen
um so
einmal
menschliche Wärme
zu spüren
bevor sie
endgültig
im Moor
versinken